VENTE DU LUNDI 23 DÉCEMBRE 1872

Collection de M. C. de WIMER

TABLEAUX

ANCIENS ET MODERNES

EXPOSITION PUBLIQUE : Dimanche 22 Décembre 1872

SALLE N° 4

Mᵉ BOUSSATON	**MM. DHIOS ET GEORGE**
COMMISˢᵉ-PRISEUR	EXPERTS
Rue de la Victoire, 39	Rue Le Peletier, 33

PARIS — 1872

EXEMPLAIRE DE DHIOS

Vᵉ RENOU, MAULDE ET COCK

IMPRIMEURS DE LA COMPAGNIE DES COMMISSAIRES-PRISEURS

Rue de Rivoli, 144

Acte 0

Martin 1
Guetton 2
Keller 3
Pressac 4
Schmit 5
Brunet 6

CATALOGUE

DE

TABLEAUX

ANCIENS ET MODERNES

COMPOSANT LA

COLLECTION DE M. C. DE WIMER

Onze Peintures par A. VOLLON
Paysage par JONGKIND, P. HUET, HELLOUIN, etc.

DESSINS ET AQUARELLES

BELLES EAUX-FORTES DE L'ÉCOLE MODERNE

TABLEAUX ANCIENS

Triptyque de l'École flamande du XVe siècle

DONT LA VENTE AUX ENCHÈRES PUBLIQUES AURA LIEU

HOTEL DROUOT, SALLE N° 4

Le Lundi 23 Décembre 1872

A DEUX HEURES

Par le ministère de Me **BOUSSATON**, Commissaire-Priseur,
rue de la Victoire, 39,
Assisté de **MM. DHIOS** et **GEORGE**, Experts, rue Le Peletier, 33.

EXPOSITION PUBLIQUE

Le Dimanche 22 Décembre 1872, de 1 heure à 5 heures.

PARIS — 1872

Elle sera faite au comptant.

Les Acquéreurs paieront CINQ POUR CENT, en sus du prix d'adjudication.

L'Exposition mettant le Public à même de se rendre compte des Objets, il ne sera admis aucune réclamation une fois l'adjudication prononcée.

DÉSIGNATION

TABLEAUX MODERNES

(DESSINS)

VOLLON (A.)

1 — Intérieur de l'atelier du peintre Flers.

2 — La Cueillette du cresson, paysage, bords de Seine.

3 — Ile de Saint-Ouen, vue du Moulin.

4 — Le Tréport, vue de la Mer.

5 — Portrait de Femme.

6 — Souvenir de Montmartre.

7 — Un Coin du lac de Genève.

8 — Conversation sur la lisière du bois

9 — Portrait de Femme.

10 — Tête d'Homme étude, d'après Rembrandt.

11 — Tête d'Homme, d'après Rembrandt.

12 — La Seine; paysage (Fusain).

13 — Buveur Louis XIII (Mine de plomb).

14 — De Puteaux à Suresnes (Aquarelle).

JONGKIND

15 — Tour à l'entrée du port de Rotterdam.

16 — Moulin sur les bords d'un canal hollandais.

HUET (Paul)

17 — Les gros Chênes de Fontainebleau. Étude d'après nature.

HELLOUIN

18 — Les Amoureux.

19 — Forêt de Fontainebleau.

20 — Pierres druidiques, Normandie (Fusain).

DARJOU

21 — Portrait de Mme Victoria-Lafontaine.

THIBAULT

22 — Nature morte.

BORATINSKI (comte)

- 23 — La Rieuse, portrait de femme.
- 24 — Vaches au pâturage (Aquarelle).

FRENK (Signé)

- 25 — Pâturage.

DELACHARLERIE (H.)

- 26 — Chiffonnier sur un banc des boulevards (Plume).
- 27 — Lectrice enrhumée (Plume).
- 28 — Aveugle et son chien (Plume).
- 29 — Jeune Garçon (Plume et Lavis).
- 30 — Paul écrivant à Virginie (Crayon).
- 31 — Joueur de musette (Crayon).
- 32 — Pifferaro (Aquarelle).
- 33 — Le Coin du feu (Plume).
- 34 — Pria ch'io l'impegno (Dessin).

THORIGNY (Félix)

- 35 — Rue dans une ville (Mine de plomb).

JONGKIND

36 — Treize Eaux-Fortes, un frontispice et douze vues de Hollande.

Belles épreuves avec autographes de l'auteur.

37 — Sous ce numéro 63 Eaux-Fortes par Appian, Brac-
quemond, Corot, Chifflart, Chaigneau, Daubigny,
Frère, Lalanne, Manet, Ribot, Vollon, Veyrassat,
Weber, et autres artistes.

Très-belles épreuves ; ce lot sera divisé.

38 — Gouache sur éventail.

ÉCOLE MODERNE

39 — Six petites peintures, paysages: Suisse, Italie, Orient,
Normandie, Moulin à vent, la Plaine.

40 — Une petite gouache fixé.

41 — Paysage et animaux.

TABLEAUX ANCIENS

ALBANE

42 — Renaud et Armide.

BALEN (van) ET KESSEL (van)

43 — Jésus chez Marthe et Marie.

BLANCHARD

44 — L'Enfant-Jésus endormi.

BREDA (Jan van)

45 — Chasse au Cerf.

BREEMBERG (B.)

46 — Figures et animaux près de ruines.
47 — Même genre de composition.

COYPEL

48 — L'Évanouissement d'Esther.

DE VILLEMONT (Signé G.)

49 — Vaches et Chèvres effrayées par la foudre.
50 — Côtes de Sicile.

GELDORP

51 — Le Bain de Diane.

GOLTZIUS

52 — Allégorie de la Terre.

GREUZE (Genre de)

53 — Jeunes Paysannes faisant l'aumône.

HILAIR

54 — Personnages et Monuments orientaux.
Deux Pendants signés.

HOET (Gérard)

— 55 — Sainte Famille.

HOREMANS

— 56 — Intérieur avec nombreux personnages.
Agréable composition.

LAGRÉNÉE

57 — Nymphe endormie.
Signé De Lagrénée, 1755.

LAMBRECHTS

— 58 — Marchands de légumes et de volailles.

LE BARBIER

— 59 — Offrande à l'Amour.

LE SUEUR (Ecole de)

60 — Saint Paul à Ephèse.

LOO (M. VAN)

61 — Portrait d'homme du temps de Louis XV, à mi-corps, tenant une lettre. Habit rouge.

LOO (Ecole de VAN)

62 — La Peinture et la Musique.

LUNDENS (GERRIT)

63 — Noce flamande. Scène d'intérieur avec nombreuses figures.

64 — Intérieur de Cabaret.

MIÉRIS (Ecole de)

65 — Petit Tableau.

NETSCHER

66 — Enfants dans un parc.

PETERS (BONAVENTURE)

67 — Marine.
Signé et daté.

PETERS (Bonaventure)

68 — Marine : Mer agitée.

STREEK (Signé J. V.)

69 — Nature morte : Potiche du Japon, citrons, vidre-
comes.

STRY (J. van)

70 — Vaches au pâturage au bord d'un canal.

SWAGERS

71 — Deux petites Marines.

WATTEAU (Genre de)

72 — Concert champêtre.

WITHOOS (M.)

73 — Bouquet de Fleurs.

WYNANTS (Attribué à)

74 — Paysage. Campagne boisée.

ZUCCHARELLI

75 — Paysage avec figures.

ECOLE FLAMANDE, XVᵉ SIECLE

76 — Beau Triptyque d'une extrème finesse d'exécution, et dans un bel état de conservation.

ECOLE FLAMANDE

77 — Portrait d'Homme.

ÉCOLE HOLLANDAISE

78 — Marine avec Bateaux de pêche.

ÉCOLE FRANÇAISE

79 — Le Printemps.
80 — L'Automne.
Deux Figures allégoriques en pendants.

ÉCOLE FRANÇAISE

81 — Vénus et l'Amour.

ÉCOLE VÉNITIENNE

82 — Mise au Tombeau.

ECOLE ITALIENNE

83 — Paysage.

84 — Concert d'Anges. Grisaille.

85 — Le Sommeil de l'Enfant-Jésus.

---

86 — **Collection de Dessins** de maîtres anciens qui seront vendus sous ce numéro.

87 — Deux Cadres.

88 — Les Tableaux omis au Catalogue.

Vᵒˢ RENOU, MAULDE et COCK, impʳˢ de la Compagnie des Commissaires-Priseurs, rue de Rivoli, 141.   27748